찌 위의 잠자리

이 도서의 국립중앙도서관 출판시도서목록(CIP)은 e-CIP 홈페이지
(http://www.nl.go.kr/ecip)에서 이용하실 수 있습니다.
(CIP 제어번호 : CIP2012005546)

찌 위의 잠자리

글쓴이 / 오영해
펴낸이 / 孫貞順
펴낸곳 / 모아드림

1판 1쇄 / 2012년 12월 7일

서울 서대문구 북아현3동 1-1278
전화 / 365-8111~2
팩시밀리 / 365-8110
E-mail / morebook@morebook.co.kr
http://www.morebook.co.kr
등록번호 / 제2-2264호(1996.10.24)

ISBN 978-89-5664-156-0 03810

값 8,000원

모아드림 기획시선 138

찌 위의 잠자리

오영해 시집

모아드림

살다가 보면 다재다능한 사람들이 부러울 때가 있다. 이것도 하고 저것도 하면서 남들보다 뛰어나기까지 하면 참 한 가지도 제대로 하기 힘든 나 같은 사람은 할 말이 없어진다. 그저 마냥 부러울 따름이다. 글을 쓸 수 있는 시간이 많을 것 같아서 학교에 들어왔는데 핑계겠지만 입시에 시달리다보니 시간이 없다. 시간이 없다기보다도 정신적 여유가 너무 없는 거다. 특히 3학년을 맡은 올해는 참으로 시가 흉작이었다. 시를 쓰려면 시적으로 살아야 한다는 말을 이해할 것 같다.

한 동안 뜸했던 주변 사람들께 안부를 전하고 싶을 때가 있다. 시를 쓰는 사람으로서 안부를 전하는 방법은 무엇보다 시를 시집보내는 것일 게다. 글이란 삶의 기록이어서 시를 읽다 보면 나 자신이 무얼 생각하며 최근 몇 년을 살아왔는지, 살고 있는지 알게 되지 않을까 싶다. 그게 시를 사랑하는 사람의 인사법이 아닐까.

요 몇 년 사이에 내게 있었던 가장 큰 변화는 사랑하는 어머니를 잃은 일이다. 그래서 고향을 고집하고 홀로 고향집 지키시는 아버지를 주말마다 뵈러 가는 일이 한 주의 가장 큰 행사가 되고 있다. 어머니를 뵈러 저승길까지 걷는 것도 행복한 주말 일정이 된다. 요즘도 고향집에 들어서면 어머니는 옛날 그

자리에 앉아 계시곤 한다. 아직도 가슴이 많이 아프고 아리다. 아버지의 고독도 깊이를 측정할 길이 없고 늘 죄송스럽다. 아들은 서울에서 딸은 기숙사에서 아버지는 고향에서, 난 아침 여섯 시에 집을 나가 밤 열한 시쯤 집에 들어온다. 이렇게 우리 가족은 네 집 살림을 하고 있다. 일 년에 한번 모이기도 힘들게 살고 있다. 그저 하루가 저무는 시간이면 식구들이 무척 그립고 보고 싶다. 아무 일 없는 것에 대해 깊이 감사하고 산다.

　주말에 짬을 내 갯바위에 낚싯대를 드리우는 것이 나의 큰 행복이 되었다. 조과釣果가 없어도 나를 바닷가에 풀어 놓는 게 더 없이 자유롭고 홀가분하다. 아마도 앞으로 몇 년간은 더 미치지 않을까 싶다. 세상을 벗어나 혼자 있는 시간이 이때뿐이다 보니 참으로 내게는 귀한 시간일 수밖에 없다. 고기를 잡으러 가는 것은 아닌 것 같은데 기를 쓰고 다니니 나 자신도 이해 못할 일이다. 이해할 필요도 없는 일이지만. 그저 밤에 하루쯤 나 자신을 맡겨도 좋을 것 같다.

　앞으로 내 시 속에 삶이 더 깊이 스며들었으면 싶다. 이제 나 혼자만의 생각이 아닌 함께 살아가는 사람들의 가슴을 시에 담아 보고 싶다. 그리고 시와 더 가까이 사는 삶이고 싶다. 주변에서 시 같은 삶을 살아가는 친구들에게 항상 감사하고 사랑한다는 말을 전하고 싶다.

2011년 11월, 오영해

차 례

시인의 말

제1부

제2부

제3부

제4부

제5부

1부

봄맞이가 늦어진다

성급한 맘이 흙바람 질러 남으로 가면
매화꽃 벙긋 방긋 빵긋빵긋 망울지며
골골 물소리는 선뜩선뜩 귓전을 다시 흐르고
울 아래 햇빛은 사금파리처럼 눈에 박히는데
날선 바람에 몸은 아직 꼬옥 닫혀 있다

갈수록 몸은 봄맞이가 늦어진다 놓치기 십상이다
지금이다 싶으면 벌써 푸른 풀잎 위로 붉은 꽃 지고
내겐 들르지 않고 마을을 지났다는 머언 먼 사랑 같은
해마다 속수무책 봄을 앓을 때면
일 년 중 몸에서 마음까지의 거리가 가장 멀다

대장을 위하며

대장 검진을 위해 밤새 속을 비우며 생각한다
눈 비위 맞추느라 벚꽃과 단풍을 찾아 발품을 팔고
입맛대로 사느라 낯선 땅 맛집을 기웃대고
음악에 잠을 설쳐 몸이 노곤할 적 많았는데
오십 년 지나도록 장을 위해 한 일이 전혀 없다

어둡고 구린 막장에서 하루를 쉰 적이 없어
이런 변일랑 훌훌 털고 오늘은 쉬기로 하니
온몸이 공휴일처럼 가분하고 한갓지다
그 동안 호강하던 것들은 눈치 코치껏 물러나 앉고
오늘 하루는 대장大腸이 대장大將이다

자그만 몸뚱이 하나도 제각각이더니
조그만 배려에 우주마저 고요하고 평화롭다
똥 같은 근심 덩이 해우소解憂所에 풀지 못하면
너 나 없이 막장 끝장 볼 장 다 보는 것이어서
저버릴 수 없는 저 버리는 장 하는 일의 장함이여

내가 사는 이유

달랑 몸뚱아리 하나 지니고
남의 살과 뼈를 먹이로 용케 쉰을 넘기며
무엇 때문에 나는 사는가 생각해보니
그 중 하나가 막걸리 외상값 몇 푼 때문입니다

안주도 없이 먹은 막걸리 외상값을 갚으면
주모가 막걸리 한 병을 공으로 주는데
막걸리 한 병에 마음이 동하고 발동이 걸려
새로이 외상값을 더 달아 놓는 것인데
작작 퍼 마셔라 썩도 못할 놈덜아 할미 욕이 살가워
알콜에 미라가 될지라도 좍 좍 퍼 마시니 이놈의 외상
값은
끝내는 두 사람 중 한 사람의 조문비가 될 것이나
우리 두 사람이 시퍼렇게 살아있으니
빚지고는 못 사는 내게 뗄칠 수 없는 부채인 셈이지요

이만 원이면 막걸리로 저녁과 외상값을 해결하고도

남는데
　주인은 고마워 막걸리 한 병을 공으로 주니
　그에 감동한 나는 좍 좍 안 마실 수 없어
　세상은 아직 살만하지 않는가
　다음 날 아침이 눈부실만 하지 않겠는가

혼자 동행하다

그댈 향해 까치발로 목이 자라는 시간
전화 코드를 뽑고
휴대폰을 끈다
그립다는 건 이미 그대가 날 찾은 것
맨발로 뛰어가
종일
혼자서 그대와 동행하다
가슴이 문드러져 고름꽃이 만발해도 좋은 시간

정집

처마가 낮은 골목 끝 허름한 집
노부부가 선지해장국을 끓였지
하루를 마감한 노동자들이 소주에 선짓국으로 몸을
다독이고
우린 연탄 화덕이 있는 원탁에 모여 시와 막걸리로 요
기하던

술을 찍어 탁자에 이름을 쓰며 기다리면
보고 싶은 얼굴이 마술처럼 얼굴을 디밀던
공짜로 줄지언정 외상은 사절한다고 악다구니하던
취직한 선배 몇 봉투째 월급 맡겨두고 가던

안주도 없이 술로 끼니를 이어가노라면
밥은 묵었냐며 선짓국 퍼주던 욕보 할매
먼 술을 그리 묵나 빗자루에 쫓겨나기도 했지만
무뚝뚝한 할아버지 쟈들 국 좀 퍼다 주지 그랴 하던

졸업을 앞두고 고춧가루 곱게 빻아 갖다 주라며
세상에 그런 집 없다하시던 어머니
볼 때마다 밥 묵었나 묻는 분은 어머니와 욕보 할매뿐
세상에 그런 집이 없습니다 어머니

낙서 지우기

담벼락의 낙서를 지운 적 있지요
자음과 모음을 따라
진하고 굵게 덧칠했더니
영해 바보 더 선명해졌습니다

가슴 속 이름 지우기가
이와 다르지 않습니다
잊힐세라 그리운 이름
문신 새기는 거였습니다

상사회

왜 남들처럼 살 수 없는지 머리를 쥐어뜯곤 했었지
대갓집 정원의 모란이 아닌 것과
찬바람 지나는 골짜기의 음습한 운명을 탓했지
이미 한 몸인데 우리 왜 서로 볼 수조차 없는지를

하지만

가질 수 없는 것보다 이미 가진 것을 보기로 했네
텅 빈 산 눈 속을 아랑곳 않는 시퍼런 잎도 있고
용천사 시퍼런 골짜기 송두리째 불 싸지르는 시뻘건
꽃정도 있어
이런 사랑 한번 못 해봤다면 생각만도 아찔해

하여

뿌리째 흔들릴 그런 사랑에
뿌리 뽑혀도 좋을 그런 사랑으로 더욱 고플 뿐이지
좀 더 그늘지고 서럽고 아프면 뭐 어때
아무도 흉내내지 못할 끝내주는 혼자만의 사랑인데

죽여준다는 말

파닥이는 비금바다 간제미를 배에서 내려 쌍과부식당 욕보 할매 칼질에 막걸리로 빨고 양푼에 쓱쓱 비벼 내놓으면 꾀복쟁이 친구들 입맛 다셔가며 막걸리 거나해지는 순간 죽여주네 하는 것인데 그건 재료에서 먹는 분위기까지 최상의 조화로 빚는 행복 아니 오르가즘이다

쌍과부식당 간제미 회판을 먹다 어째 맛이 안 난다 싶어 친구에게 전화하면 염장 지르냐 할지 모르나 그건 보고 잡다는 말이다 너랑 같이 먹어야 회판이 제맛이라는

어떤 재료를 가지고 누가 어떻게 만들어 누구랑 어떤 분위기로 먹는가를 따져 모두가 완벽할 때 그냥 죽여주는 것이다. 짜잔헌 간제미 회판 한 접시에 경건하게 감사하고 싶을 때 우리 이렇게 복 받고 사치떨어도 되나 싶어 불안하기까지 할 때 그냥 죽어도 좋은 것이다

친구여 목포서 산다고 산낙지 자주로 먹는 거 아니다

자네 없이 나 혼자서 뭔 맛으로 그걸 오물거리겠능가
나도 자네 만나야 죽여주는 그 맛을 보네
남자 나이 쉰에 죽고 못 사는 친구 하나 없으면 죽을
맛 아니겠능가잉

사랑

가본 적 없는 그곳이
무척 친근하고 아름답게 그려집니다
그전에 그대가 살았다는 조그만 읍은
이제 고향처럼 정겹기까지 합니다

그대가 지나온 가난한 마을
그곳의 이름 모를 사람들과 산과 강
쓸쓸히 그대를 지나던 바람과 나무 한 그루까지
옛정으로 살갑습니다

한 사람을 가슴에 안는 일이란
그 사람이 스쳐지나간 풀 한 포기 돌 하나까지
가슴에 들이는 것입니다
이 세상 모두를 가슴에 보듬는 일입니다

밥 한 그릇

어릴 적
저물 무렵 집에 들면
할매가 오매 내야 사람
살갑게 안아 주셨지

질화로에 된장찌개 보글거리고
이불 속 꺼낸 밥은 모락모락 김이 올라
호호 불며 먹다보면 숭늉이 구수한데
밖에는 하염없이 함박눈이 내렸네

먹어도 먹어도 뭔가 허하여
맛있다는 집 뒤지고 뒤져보지만
어릴 적 온몸 채우던 한 그릇
멀고도 또 아련하네

음식은 혀와 창자만을 위한 게 아니었네
귀와 눈과 따순 손바닥

코와 혀 그리고 더운 가슴 열어
온몸으로 맞아 온몸 채우는 것이 한 그릇 밥이었네

눈 내리는 저문 날
산모롱이 돌아 밥 냄새 풀풀 풍겨오는 마을에 들어
오감으로 먹고 온몸 채우는 밥 한 그릇을 그리네
혼신으로 빚어 혼신에 깃드는 한 그릇을 그리네

어머니의 전화

밥은 먹었냐
지금이 몇 신디 아직도 밥을 안 먹어야
오메 짠해 죽것네잉 글고
지금이 어떤 세상이라고 아직도 음식타박을 허냐 허길
기름기 번지르르헌 쇠괴기도 마다
그 귀허다는 전복도 싫다
시상에 그보다 더 존 것이 어디 있다냐
그 짜잔헌 무수 실가리 국이 먹고 싶닥해서
지난번에 낄애준께는 맛이 없다고 했담시러
생각해서 별의 벨 것 다 넣어갖고 국 낄애주먼 감사히
먹어사제
음석을 맛으로만 먹는다냐 해 준 사람 성의를 봐서도
먹는 것이제
느그 아부지는 돌아가시는 날까정 음석까트럼 한번
안 부레겠어야
그러고 너는 뭔 놈의 입이 그리 구식이다냐
시대가 빈했으면 거그에 맞출지도 알아야 안 컸냐잉

내가 봉께는 니 헛부닥이 문제다

음석 해 준 애기 에미 성의도 있는디 그러코 말허면
안 되는 거여

어디 맛 없다고 면박을 준다냐

진짜로 그것은 경우가 아니여

이것은 이렇게 한번 해 보소야

맛있는디 째깐 소금을 덜 치면 더 맛나겄네야

조단조단 이야길 해야 되는 것이지

못 헌다고 툴툴허면 주눅이 들어서 음석은 더 못 허는
것이다

세상에 내 입맛에 맞는 것이 어디 있간디

다 맞춰감시러 사는 것이제

쫄닥 굶고 출근허는 사람도 있단디 그래도 너는 아침
안 굶은께 복이려니 해라

사람은 아래를 보고 살아사 써야

좌우당간 굶으면 안 된께 보약이라 생각허고 끼니는
꼭 먹거라잉

먹고 살기 힘들수록 꾸역꾸역 먹고 살아사 쓴다
아무리 맛이 없다고 에미 혼자 먹는 밥만 허겄냐
끼니는 꼭 챙기그라와
새끼는 밥도 안 먹었단디 늙은 것이 먼 말이 이리도
많으끄나잉
배고플텡게 빨리 밥 먹어라잉
전화세 많이 나오겄다 이만 끊자

민정 식당 그 여자

돈에 환장을 했지
공사판에서 남편이 꽃처럼 지고
장례식 다음 날도 가게를 열던
돈에 눈이 뒤집힌 여자
딸 하나 끼고 잘도 살더니
대학이 뭐라고 옥상에서 꽃잎처럼 딸이 졌는데
돈독에 푸르던 여자
식당을 열어 선지를 푹푹 끓였지
돈밖에 모르는 여자 아니
돈도 모르는 여자
몇 년째 3000원이면 선짓국에 쌀밥이 한 상
그래서 정작 돈은 없는 여자
다른 사람덜까지 굶겨 죽일 수 없다는
오지랖도 넓은 여자
김씨 최씨는 선짓국에 고개를 박고
없는 것덜은 배창시도 눈치가 없다고
자꾸만 목에 밥알이 걸리는데

저 징헌 여자
산 사람은 살아야지 않냐며
목석같이 고봉밥 퍼 나르는
돌부처 같은 여자 아니
생불生佛 같은 여자

지금 내 사랑은

뜨겁게 타오르는 것만
사랑이라고 생각한 적 있었습니다

새가 날아와
가슴에서 불꽃처럼 노래하는 그 순간
그게 전부라고 생각했지요 하지만
빈 가지에 여운이 남고
빈 가지처럼 나는 오래 흔들리고
길을 가다가 그의 노래를 줍고
내 노래인 양 읊조리는 일
잠든 나를 위해 누군가 그 노래를 꿈처럼 불러주는 일

봄에 움이 돋아
가슴에서 꽃불로 피어나는 그 순간까지
그게 내 사랑의 전부였지요 하지만
꽃이 진 자리에 향기만 남고
오래 오래 그대를 닮아 스스로 향기로워지고
골목을 가다 문득 내 안에서 당신을 불러내는 일

당신이 부르는 소리를 듣는 일
날 위해 누군가 당신의 이야기를 꿈 속처럼 들려주는 일

어찌 이것뿐이겠는지요
진득하게 식어가며 가지런히 사는 일과
정갈하게 죽는 일
정갈한 그 순간도
그대를 위해 다시 피어날 꿈을 꾸는 일
꿈속에서
다시
피어나는 일

하지만 하지만 지금
내 생각이 도달한 거기까지가 사랑입니다
당신을 향해 가다가 내릴 역 아니
내릴 수도 없는 영원의
거기까지가 내 사랑입니다

말 삶 따라

열 살까지는 좋은 일이 참 많았다
따뜻한 할매 그리고 집집이 불알친구 그리고 추억
그리고 그리고 그리고
맨 뒤의 희망까지는 하루가 어림없었다

그러나 그 뒤로는
인과 관계가 어그러지는 일이 많았다
부지런하고 성실하면 되는 줄 알았다 그러나
열심히 일했다 그러나 그러나 그러나
심통사나운 세상 오기 창창해서 나는 살았다

그래도 세상은 살만 했다
열심히 일했다 그래도 가난했다 그래도 더 열심히 일
했다
세상과도 못 바꿀 사람 있었다 그래도 그 사람은 몰랐
다 그래도
꾸역꾸역 사는 날이 많았다

그래도 세상은 살맛이 났다

그래도(島)를 지나 요즘은 오죽하면(面)에 산다
그곳에선 이해하지 못 할 것이란 없다
입장 바꿔 생각해봐라 이해 안 되는 게 있나
삶이 짠할수록 이해의 폭은 넓어진다
살아봐서 아는 것이다 내가 너라도 그랬을 거다

시간이 흘러 낡은 몸 눈빛 순해지면
어느 말의 고을에서 나 살아갈까
그리고 그러나 그래도 오죽하면을 지나
어떤 말의 나라에서도 감사해야지
세상이 그래 원래 그래 감사해야지

희망보다는 세상을 인정하고 받아들이는 게 늘 중요
했다

사리 낚시

사리에 뭔 낚시냐며 말리는데도
한사코 바다를 건너
목포가 보이는 건너편에 낚대를 드리운다

날물에 목포가 뿌리째 드러나는가 싶더니
끝없는 밀물에 낮은 시내가 다 잠겨 버릴 듯하다

바다를 사이에 두고

육지가 잠기는 걸 달랑 나만 멀리 와 지켜보고
아내는 나만 달랑 물에 잠기는 걸 생각한다

낚대 하나로

아내는 나를 낚느라 애가 닳고
나는 세상을 낚느라 용을 쓴다

바람

침침한 당신 기억이
나를 찾아와
바보 같은 바보 같이
웃음도 되다가
눈물도 되다가

2부

마음에 길을 놓으니

눈 감고 마음에 길을 들여놓으니
내 가는 추억의 길에 장끼가 꿩꿩 날고

울긋불긋 지는 잎 하나에도
핏빛 발자국 임 오시는 소리

눈썹부터 그리는 화안한 얼굴
달 보고 꼬리치며 개가 짖네

마음에 길 하나 들이니
눈치껏 다 임을 맞이하네

술국 먹는 아침

엊저녁 술이 머릿속 안개로 자욱합니다
아이고 속 썩어
눈 흘기며 아내가 내온 뚝배기에는
못난 것들의 생이 보글바글합니다

쓰레기처럼 살 순 없어 국거리로 나선 무청과
애 간장 다 빼주고 반죽 풀린 된장
모진 세상 더 맵게 살아온 땡초 송송 썰고
미라에서 깨어 유영을 다시 시작한 멸치가
우러난 생生의 즙 울어낸 생의 눈물로
한 그릇 세상이 뜨겁습니다

진탕 마셔 탕진해가는 하루 하루 모든 게 바닥인데
인자 속 좀 챙겨라잉 살아오는 어머니 말씀
아직도 정신을 차리지 못하고
속 창아리 하나 없이 살아 내가 먹으면
시래기국이 쓰레기국이 될까봐

미안한 아침입니다

술술 풀리는 일이라곤 없어 술 술 마시다보면
이유 같은 건 다음 날 남아있지 않습니다
국을 퍼 먹으며 못난 것들과 한통속이 되다보면
이 못난 것들처럼 살아야지 싶습니다
국거리라도 되기엔 너무 황송하여
다대기 아니 다짐이라도 되자 다짐하는 아침입니다

달처럼

어둔 하늘에
실낱같은 눈썹 하나를 그립니다
눈썹 하나와 동그란 얼굴 윤곽을 그리면
정녕 당신의 눈코입이 떠오르지 않습니다

미간만 모으다 그리지 못 한 채
얼굴 윤곽을 지우고
눈썹 하나마저 지우고 나면
한 달이 눈 깜빡할 새 지나갑니다

어두운 밤이면
머언 먼 당신이
내 꿈속에 두리둥실 환합니다

그리다 지우고 다시 그리는
한 달 두 달 세 달
먼 세월 속을 그리지만

당신은 미완성입니다

평생이 길다지만
당신 얼굴조차 완성 못하는 짧은 시간입니다

고향

어릴 적 머리를 쓰다듬어주던 동네 사람들
뒷산 언덕에 오순도순 여전하시고
산자락의 초가에서 태어나
떠난 적 없는 마을
황토밭 피나도록 갈고 일구어
그 밭가에 묻히는 삶
큰 집에 방 한 칸만 아직 살아 불이 밝고
회갑 훌쩍 넘은 아제가 막내로 술심부름하는
저승 옆 동네

그대 이름

세상
많고 많은 중에
딱
하나

너무
큰
욕심이어서
차마 말로 부화하지 못하고
평생 입 안에 품어야하는
마—
알

고향, 그 쓸쓸한

아범아, 그런 소리 내도 말어. 잠 없는 늙은 것이 일도 없이 새벽밥 지어 먹고 남덜 다 일 나가면 마실을 돌아도 사람 하나 없는 동네에 귓구녕엔 새만 울고 개 안 짖는 하루가 일 년맹키로 질어야. 차라리 삭신 아프고 말제 사람 소리 간절해서 혼자 하루를 어떻게 전딘다냐. 오늘 뼈 주사 맞더라도 낼은 일 나갈란다. 당최 사람이 보고자바서 못 전디것당께.

열꽃 같은

헤어지는 건 해지는 순간보다 짧네
해가 떠도 다시 또 오는 이 없고

애 쓰지 않아도 머리는 저절로 잊고
세월을 따라 모든 것은 사라지는데

오월이면 장미꽃 따라 너는 내 가슴에 향기로 피고
연보라 스카프가 등꽃과 함께 바람에 날리곤 하지
노을을 배경으로 너는 술잔 속에 늘 취하고
바랜 장갑 속 너의 손길은 아직 따스하고
목소리가 닮은 가수는 골목에서 너처럼 노래하는데

백지처럼 백치처럼 머릴 비우고
온몸 곳곳 피워내는 열꽃 같은 너
함께 피우던 꽃불을 혼자서 피우네 이제
너 없이도 나는 온몸이 타네

평생을 순간 속에서 사네
평생보다 긴 순간 꽃이 피네

선물

초콜릿을 선물로 주기에
두었다가
꼬맹이가 있는 친구에게 주었습니다

받은 걸 주었으니 남은 게 없는데
가슴은 오래도록 초콜릿 향이 가득입니다

꽃

잎과 색깔이 같은 꽃을
아직 본 적이 없다
멀고도 먼 거리가 한 몸에 있다

입을 닮은 푸른 잎들이
입을 모아 받드는
노오란 향기가 따뜻하다

푸른 잎을 쌓아 올라간 창공에
차이를 사랑하는 맘 하나
화룡점정畵龍點睛이다

온전히 당신을 받들고
당신의 신당神堂이 나는 되었을 때
나도 향기의 몸인 적 있다

거리를 마음으로 채우는
사랑 같은 꽃
꽃 같은 사랑

봄, 산에 오르다

목련 지고 벚꽃 지고 꽃 지고
가는 봄이 아쉬워
땅끝 달마산에 올랐습니다

참나무 키만큼 야윈 산에 새살이 돋고
물소리를 거슬러 오르며
봄의 흔적을 더듬었습니다

목포에서는 세 달의 봄이
황사에 갇히고 바다 바람에 날려가고
비에 젖고 추워서 떨다보면 남은 날은
열 손가락도 다 못 채우고 여름입니다

하늘과 지상의 중간쯤
단칼 절벽에
진달래만 아직 아스라이 붉었습니다

봄의 끝자락을 디디고 서면
푸르러 오는 작은 세상이 보이고
여름으로 가는 길 하나만 남았습니다
해쓱하니 길 하나가 야위고 있습니다

욕보네 기도

옆집에 욕보 할매는 귀가 환하게 욕을 하지요
아들만 내리 여섯을 두었다는데
장가를 못 간 맏이는 씨 볼 놈이고요
국문과 나와 아직 노는 놈은 아 글씨 써글 놈이지요
상사병에 갱신을 못 허는 놈은 임병을 허고요
사업마다 밑천 들어먹는 니째는 벌레 벌레 돈 벌래고요
몸이 허약한 녀석은 육실헐 놈이고
덩치 값하는 막내는 육갑한다 하지요
술타령에 다방 출입 씨부랄탱탱 영감까지 싸잡아서
정말로 웬수놈의 새끼덜이지요
이 웬수들을 눈에 넣어도 안 아픈 죄로
차마 남들 하는 욕도 못하고
사느라고 참으로 욕보시네요
할매의 기도 끝자락마다
경건하게 아멘하고 싶어집니다요

꽃구경

　일흔에도 일만 알아 억척으로 소문난 욕쟁이 할매가
꽃나들이 하고 온 날은 만나는 사람마다 일 쪼깐 잊어
불고 꽃마실 한번 댕겨 오소. 징허게도 좋데야 살가운
소리로 입을 열 때마다 향기가 귀를 적시고 살아보니 한
순간인데, 그렇게 아등바등 살 필요 없어 눈 가득 벚꽃
벚꽃 꽃구름이 피어났습니다
　며칠 후 일흔의 봄에도 소매를 걷고 욕으로 시작하는
억척스런 아침을 보며 동네 사람들은 정말로 가다가 한
사날간 꽃구경 잘했다 합니다그려.

삼월의 길목에서

이월의 못 다한 추위가 이월되어
묵은 빚처럼 그늘에 웅크렸다
포기를 모르는 빚쟁이 같다

날 세운 바람이 산 하나를 어슷어슷 썰어
저수지에 거꾸로 담가 놓으면
물빛 스미어 부푸는 골마다 물소리 들림직하고

불을 밝혀도 밖이 더 환하고 따스하여
햇볕이 몰리는 담벼락에 서면
색의 몸들 봉긋 벙긋 방긋 일어나 봄직하고

성급하게 남으로 향한 마음이
콜록콜록 떨며 돌아오는 길은
흙바람을 말아 올리고 있다

눈과 귀가 온통 남으로 열리고

길 가장자리에 풀빛 겹쳐오는데
신작로만 우편배달부를 위해 하얗게 비워두었다

멀리 까치발로 고개를 빼고
우선 빚 같은 추위를 치러야 하는 시간

중심中心에 대하여

연필 속 흑연이나 나무의 고갱이
팥죽의 새알이나 상처 속 헝겊을 심이라 부르는 걸 보고
중심은 사물의 한가운데 있다고 생각했다

오직 너 아니면 세상 부질없던 때가 있어
내 안이 아니라 너에게로
중심이 이동할 수 있다는 것을 처음 알았다

엽서 같은 잎으로 봄소식 건네는 고목을 보며
고갱이가 아니라 고갱이를 키워내는 것
중심은 한 개가 아닌 무수히 많은 우듬지가 아닐까
길 끝마다 중심이 아닐까 생각했다

쭈글쭈글한 어머니의 배와 가슴을 보며
우리 육 남매와 이 땅의 모든 자식들
이 세상 모두와 풀 한포기까지
이 세상 모두가 중심임을

중심 아닌 것이 없다는 걸 생각한다

누군가가 나의 중심이 되고
누군가의 중심이 나는 되어
우리는 서로의 중심이어야 함을
이제야
겨우
알 아 가 고 있 다

나물귀신처럼 살다

어릴 때
나는 물귀신이 두려운
나물귀신이었다
동생이 방죽 물을 배불리 먹고 멀리 떠난 뒤
물가에는 얼씬도 하지 않았고
밥이 부족해 걸신들린 듯 나물을 먹었다

글 같은 거는 씨알도 안 먹히는 세상에
개도 안 물어가는 글을 쓰느라
세상에 물먹고 술을 더 마셨고
그때마다 안주는 푸성귀나 나물이었다
몸에 좋은 것은 집에서도 나물이었다

나 물귀신과 함께 사는 동안
아내도 나물귀신이 되어갔고
물가에 내놓은 애처럼 물정 모르고 살다보니
세상 무서운 게 물가였다

우리는 물귀신처럼 서로를 붙잡고
나물귀신이 되어 신들려 산다
희망 같은 말에 더 이상은 물먹지 않고
물귀신처럼 서로를 꼬옥 붙들고
고기에 쌀밥이 싫어 나물 먹고 물 먹고
대장인 대장암엔 끄떡없겠다며
눈치도 없이 신 나 살아간다

제주 돌담

바람의 길목 제주에서
태풍에도 세월에도 끄떡없는 건
블럭담이나 벽돌담보다도
구멍 숭숭 뚫린 돌담입니다

한때 뜨거웠던 돌들이
한줌 시멘트 없이도
다시 뜨거운 이웃으로 어깨를 겯고
바람에게는 길이 되고
잘못 든 발길 돌아서게 하는 벽이 됩니다

길이면서 벽이 되는
마음 속 신호등 같은 돌담을 따르다 보면
꿈꾸는 세상 하나 만날 것 같습니다
돌담으로 쌓아올린 재주도 좋은 세상을

눈비 내리던 날

어머니 돌아가시고
처음으로
눈비 섞여 내리던 날

백리길 달려 봉분을 감싸고
비에 퉁퉁 불고 눈에 꽁꽁 얼어
저승에서 이승까지 걷다가

고향집 귀퉁이에 아직 어머니 밥 챙기시는
마실을 잊은 홀아비의 마음자락이
마루에서도 눈비에 다 젖는 걸 보았다

죽음은 삶보다 서럽고
삶은 죽음보다 고독하였다

기둥에 등을 비비며

나이 탓인지
손을 뒤로 젖혀도
등에서 닿지 않는 데가 있다
거기 가려움이
댕그랗게 웅크렸다
건조지대에 서식하는 그것은
사막의 낙타를 닮았다

박박
소나기를 뿌리며 지나가는 손길에
귀가 주린 지 오래
이 건조한 사막에선
가려움과 아픔은 동감同感이다

나는
기둥에다 등을 비비는 한 마리 짐승
짐승의 터럭 같은 감정이
피 묻은 터럭이
기둥 모서리에 한 움큼씩 묻어났다

3부

무덤과 친하네

우린 무덤과 친했네
어릴 적 뒷동산 무덤가 너른 벌이 놀이터였지
소풍을 가도 쥐꼬리명당이라는 곳이었고
중학 때도 넓으나 넓은 서씨묘로 소풍을 갔네
대학 때는 근교의 능을 찾아 막걸리를 기울였고
지금은 어머니 저승집에 주말이면 안부를 묻네
가족 묘지 내가 묻힐 자리쯤에 서서
여기 저승집 한 채 짓고 사는 꿈을 꾸네
이승을 살면서도 저승까지 마실을 가네
햇볕 몰려드는 뒷동산 무덤가에
조상들 한세상 모여 소곤대는 소릴 들으며
저승집 뒤에 숨어 이승을 엿보곤 했네
밤이면 저승집 창가에 어머니가 별을 세면
그 소리 따라 별 하나 별 둘 손으로 짚어가네
이승과 저승이 한통속임을 알겠네

집 2

새들이 노을 속으로 사라지는 때를 기다려
그 노을을 지고와 창가에 부려도 좋으리
양복을 벗어 문밖에 걸고 넥타이는 풀어
나뭇잎 하나로도 부끄럽지 않으리
업무용 수첩은 빌딩 숲에 놓아 두고
알몸만이 문 안으로 스며들어와
원시의 숲에서 몸이 몸껏 풀어져야 하리

노을을 이고와 하늘 가득 풀어두었으니
브레지어는 벗어 현관 문고리에 걸어두고
손에 들린 성경책도 신발장 위에 두어야 하리
전기는 끊겼으니 TV는 박물관에나 두고
우리의 알몸이 어둠 속으로 잠길 때까지
알몸이 알몸을 먹이고 새끼를 품어야 하리
둥지 속에서 마음이 마음껏 뒹굴어야 하리

자신의 안부를 물으며 도란도란 밤이 깊어도 좋고

아무 일 없는 하루를 감사하며 잠잠해져도 마냥 좋으리
먹이를 위해 비상해야하는 밝은 시간까지는
원시의 강가를 출발하여 빌딩 숲을 지나
지금 여기는 또 다른 원시의 장소
인간이 만든 모든 것을 밖에 두었으니
몸과 맘이 자유로이 여기 공간空間으로 비워두면 좋
으리

소리를 여는 나무

우리 동네 어귀에 은행나무가 있습니다
앙증맞은 잎들이 가지를 가릴 즈음이면
은행나무는 새소리를 내기 시작합니다.

가지마다 맑고 깨끗한 소리가 알알이 열리고
새벽이면 문과 벽 틈틈이 소리가 들어와
잠을 흔들며 청각을 쪼아
푸르디 푸른 아침을 열어줍니다

금쪽같은 몸을 한 조각씩 뚝 둑 떼어 내면
은행 알도 새 한 마리도 없이
가지엔 빈 집이 노을 속에 두엇입니다
눈을 닫으니 귀가 열리고 새 소리가 열렸습니다

눈이 가지 위에 소복이 쌓이고
허공의 눈길에 새 발자국 하나 보이지 않아도
내 눈에선 새들이 노닐다 가고

귓속엔 맑고도 맑은 것들이 맴을 돌고 돕니다

밤이면 가지에 은행보다 많은 별이 열리고
그 별들이 새가 되어
맑고도 맑은 노래를 불러 줍니다

내 안에다 둥지를 틀고 겨울을 난 것들이
새 잎 나기를 기다려 밖으로 날아가면
내 안의 은행나무를 동구에 내다 놓습니다
다른 사람의 귀가 열릴 때쯤 세상은 봄입니다

쭈꾸미 1

.

둘러봐도 변변한 집 한 채가 없다
우글쭈글한 생들이 우글우글 모여 위로가 된다
여덟 발로 여러 발로 뛰어도 방 한 칸 없어
애들 생각 가득해도 몸 풀지 못한다

잘난 것들은 목구멍에 빠져 죽지만
쭈구레한 것들은 집에다 목숨을 건다.
깨진 사금파리면 그날 운수 대통이고
소라껍데기면 주택복권당첨이다.

즐비한 소라주택은 경계해야 하고
끈 떨어지고 모 떨어진 사금파리나 찾는데
그도 저도 없어 머리 속에
자식을 그리고 그리다가
상상임신에 머리가 만삭으로 불러오는
징헌 놈의 사월
싸―알밥 아니 씨-알밥이라니요

시조차 가난한 시인이 밥을 잊을 때
평생 빌어먹을 몸 풀고 머리 풀고 싶다
쐬주 한 잔에 그의 몸이 되고
그를 집 삼고 싶다

민들레처럼

발목을 묻고 그리움에 몸을 떨며
해마다 몸 피는 민들레를 본다

그대에게로 떠나는 바람을 기다려
가슴 속 홀씨를 날려 보내면
몇 발작 나는 그대에게 다가간다
일 년이 흐른 것이다

그대와 나의 거리는
내 목숨보다 길다
하여 그대를 꿈꾸며
나는 생각한다

그대에게 도착하는 날은
내 아들의 아들의 아들의 아들이 나는 되고
아이의 아이의 아이의 아이를 그대가 되는 때쯤이겠지
지금 그대와 나는

머언 거리를 얼마나 오랜 세월 서로에게 가고 있는 것
이냐

나는 태곳적부터 그대를 그리며 가고 있다
그대와 나는 할아버지의 할아버지의 할아버지 때부터
홀씨를 날리며 서로에게 도착하고 있는 중이다

발목을 묻고 그리움을 향해 몸을 떠는 민들레처럼
나는 그대에게 가고 있다
그대를 향한 바람이 오늘도 홀씨를 날린다

낚시 1

삶에서 파닥거림을 잃었거든
장대 하나 쥐고
아스라이 절벽에 서자

지상을 살다 지하로 가는 도중
가끔은 그 중간 세계에 들러
온몸 초리대로 전해주는 전해오는
삶에의 번득이는 몸부림을
마디마디 새겨 보자

삶이 한없이 가볍거든
민장대 하나 움켜쥐고
직벽에 발을 모으자

늘어지던 줄이 팽하며 전해오는
먼 세계의 바디랭귀지
몸으로 들어보자
싱하디 싱한 언어는 하나다
살 고픈 살고픈 것이다

낚시 2

바다 속으로 깊이 걸어간
방파제의 끝
밑밥을 친다

새우 속에 바늘을 숨기며 생각하니
살아있는 것들은 누구나
죽음에 이르는 블랙홀을 가졌다

팽―하는 줄 끝에 파르르 전율하던
세상 초행길인 손님들 입맞춰 돌려보내고
뚝 끊어져 만나지 못한 인연의 무게를 가늠한다

노을 바다에 숭어 물수제비 잦아들 때
빈 몸이 돌아와 안주 없이 술에 젖으면
내 안을 온통 파닥거리는 인연의 몸짓

어부가 아니어서 감사하다

낚시인

고하도를 산책하다가
낚시 구경을 하노라니
대 하나 쥐어주기에 드리웠더니
재미가 새록새록

주말마다 갯바위에 나를 세우고
지상도 아니고 지하도 아닌 세상에
유선 통신을 하느라
잠도 밀치고 가슴이 뛰어
그야말로 미쳐

시 쓰던 놈이 낚시를 하니
그야말로 낚시인이 되었으니
이제 대 휘어지게 시만 낚으면 되겠네.

쭈꾸미 2

비싼 몸 낙지도 아니고
귀한 몸 문어도 아닌 것이어서
평생을 집 한 채 없이
소라껍데기에 세나 들어 살다가
누렇게 부황 드는 보릿고개에 와서
하이얀 쌀밥을 그리고 그리다가
머릿속을 온통 쌀밥으로 채워
가장 가난한 자의 허기에 바치는
몸 보시

이별 후에

울 수 있는 가슴이 있다면
삶이 좀 슬픈들 어떠랴
꽃이었던 기억이 당신으로 하여 있으니
이제 비바람 치고 눈보라 속인들 뭐 어떠랴

33년으로 가슴에 영원한 예수처럼
꺼내 볼 수도 없는 내 깊은 곳에 당신이 있어
당신의 신당神堂이 나는 되었으니
나조차 나를 버릴 수는 없음이라

봄은 가고 꽃은 지고
향기조차 산 넘어 사라진들 어떠랴
보이지 않기에 그리는 것을
그리움 끝에 우리 두 개의 별이 되었다면 어떠랴

소식

예순 가까이 막노동을 하던 김씨는
평소에 소식小食을 하던 팔순의 어머니가
누룽지 물만 겨우 넘긴다는 소식을 듣고
어머니를 따라 반공기도 넘게 밥을 남겼습니다

곡기를 끊고 링거액에 의존하던 어머니가 돌아가시자
곡기를 마다하고 물만 넘기다
김씨는 몸져 눕고야 말았습니다

링거 줄에 매달려 희미해지던 그가
첫 손주를 보았다는 소식을 듣고는
아기를 따라하듯 미음을 삼키기 시작하였습니다

며칠 후 아이 같이 웃으며
쇠고기 한 근에 돌미역 한 뭇을 들고는
손주 보러 간다고 아장아장 걸음마를 시작합니다

새와 나무

벽을 세워서 집을 짓지 않고
허공을 만들어 거기 사는 것도 있다

무성할 때도 둥지를 가진 적 없던 나무는
죽어서 온몸 둥지가 되었다
딱따구르르 딱다구르르
목 탁 치며 새가 나무에게 어리고 있다
집이 허공이다
허공 같은 집이다

허공은 공허가 아니다
나무는 처음으로 구심력을 가져
석양을 나는 새들은 언제나 나무를 향한다
나무는 새의 중심이다
어느 길을 가더라도 새에게는
자신만이 채울 수 있는 나무의 허공이
생의 중심에 있다

새의 중심에 나무가 서고
나무의 중심에 새가 깃든다
서로의 집(集?)이다
하나다

고추 먹기

고추 하나 먹는데도 차례가 있고
그때마다 먹는 법이 따로 있다

어른이 되고픈 시절 아버지 따라서
덜 매운 풋고추 골라 누런 된장에 찍어
볼테기 미어지던 때 있었구나
풋풋한 시절 호호 헛물만 켰지

된장과 고추장을 섞어 매운 고추 골라 찍어
뚝 베물고 땀과 눈물에 범벅이 되기도 했다
혓바닥 쏘아대는 것쯤 첫사랑 아픔만 못 하여
풋고추로 실컷 눈물 퍼 낸 적도 있었구나

매운 내 풀풀 나는 검붉은 고추장에다
작은 고추가 맵다고 땡초만 골라 찍었지
매운 바람을 견디는데도 이력이 붙고
매운 맛도 있어 사는 재미가 솔찬했었다

곰삭은 속젓에다 약 찬 고추를 먹었다
그때쯤 내 삶도 골골하게 삭아 사는 맛이 깊던가
양기가 입으로 올라서 걸쭉하게 고추를 물고 살아도
내 삶에 고춧가루 뿌리는 일은 없겠다

좀 있으면 얼큰 달착지근한 붉은 고추 안주삼아
다 늙은 주모 있어 막걸리잔 기울이면
옛날의 나를 닮은 손주 녀석은
내 먹다 남은 잔을 홀짝거리다 얼굴이 붉어지고
기분이 좋아지면 지 고추를 따서 한 입 주겠지

조력 십 년에

미쳤지
시도 때도 없이
외려 낚여
고기 꼴도 못 보고
세월만 흘러
조력이 십년
그동안 고작 안 것이라곤
물때가 다름 아닌
물 때 라는 것
그리하여
때 맞춰 그 짓도 해야 배도 부르다는 것
때를 알았으니
이제
배부를 일만 남았다고

사월

불을 밝힌 방 안보다 바깥이 더 환해지고
마당의 벚꽃 하얀 그늘이 수북하다
다라이에 내민 청빈 적빈의 울긋불긋한 손들
평생을 주리다 식은 밥 한 덩이로 생을 마감하는
상추의 손에 아침에 남긴 밥 한 술 쥐어주어
마음에 점 하나를 찍었다
쪼글쪼글한 적빈赤貧의 손을 내밀어
가난이 가난을 먹이는 풍경이 짠하다
청빈靑貧의 손이 건네는 한 덩이 밥에도
가난에 익숙한 창자는 앞서 배불러
세상이 부시고 눈이 스르르 감겨
꾸벅꾸벅 세상을 긍정하며 조는데
책보만한 햇빛이 몸을 덮어주고 있다
살짝 삐져나온 허리살이 아직 시리다

봄 도다리

남향 비탈에 앉아 자울자울 졸다가
시하바다 물수제비뜨는 떼숭어 소리를 들었던가
문득 바다 밑 스며올 봄소식이 궁금했다

접어두었던 낚싯대를 바닷가 절벽에 드리우니
차가운 물에 들지 못한 햇빛들의 난반사
그 반짝이는 아우성을 들으며 찌를 떠우고
찌 위에 때 이른 잠자리처럼 날개를 쉬었다

아 차차차 아이 차차차 으랏 차차차
찌를 따라 쑤욱 들어가며 지르는 비명 끝
초릿대 휘어지는 한보따리 봄소식 봄 도다리다
도달도달 전하는 바다 밑 봄소식을 들었다

몇 번인가 바다에 들어 흠뻑 봄에 젖은 후
봄맞이나 하자 정다운 이름 불러 앉으면
봄이 우리의 속속들이 방방곡곡까지 퍼져간다
봄 도다리 도란도란 온몸으로 전하는 봄소식이 푸지다

아제의 벌집

벌집 모양 빡빡 얽은 곰보빡보 아제가
풀을 베다가 땅벌집을 건드렸는데
얼결에 엎드린다는 게 그만
벌집 입구를 막아버렸다는 거라
떨었겠네
집 잃은 미아가 벌벌
침 맞을 일로 아제가 발발
그러다 한순간 미아들이 평온해졌는데
아제의 얼굴을 집 삼아 거기 깃들었다는 거라
집에 와 우둘투둘한 얼굴을 쓸어보니
한 무더기의 생이 구물거리더라고
채로 거른 맑은 웃음을 지었네
생이 깃들 곳 없는 금부처보다
생의 보금자리 혹은 복된 자리로
저기 생불 한분이 오시네
환한 집(宇宙) 한 채를 이고 아제가 오면
파인 구멍구멍 생이 깃드는 걸 보네

아버지의 편지

고향집 주소가 적힌 편지를 받았다

애비 보거라 나만 모르게 느그덜이 숨겨왔던 큰 매항 소식을 인자사 알았다

나를 생각해주는 느그덜 맘은 안다만 애비 너를 대신해 장남 노릇을 해 온 매항이다 그런 아들인디 내가 몰른데서야 도리가 아니잔느냐

누구나 한번은 겪는 일이제만 하늘이 무심하고 일러어도 너머 일러서 속이 아프다못해 애린다

그리고 참 읍네 노인당 출입을 인자 다시는 안키로 했다

딸은 혼자서 시상살이가 을마나 힘들건냐 근디 나는 팔십 질에 앉은 애비가 되야가꼬 소가지 업시 여자가 다머시건냐 너머 오래 살다봉께 잠시 노망이 나서 부끄러운 짓을 했는 것이다 인자는 깨끗이 정리했응께 그리 아러라

글고 누나한테 차꼬 전화해라 느그는 세상없어도 남
매간 아니냐

　상징으로만 계시던 아버지가
　성큼
　현실로 걸어오셨다

　고향 큰 집 한쪽 모서리를 밝히며
　거기
　사람의 아버지가
　눈물로 집 한 채 짓고
　카랑카랑 살아 계신다

4부

낚시 3

홀쩍
떠나 와
지상도
지하도 아닌 곳
낚시를 드리우고
찌 위에 잠자리로 앉다

천상이 지상보다 깊고
지상에 천상이 고인 곳
나를 풀어버리면
졸음처럼
스며오는
한갓진
시공時空

나
거기
스며들다

나비

저걸 뭐라 하나
저 꽃을 뭐라 이름 하나
순백의 찔레꽃 하나가 피워낸
꽃 그 위의 꽃
허공에 춤꽃을 피우는
허공을 꽃춤으로 흘러가는
허공에 춤을 묻고
다시 꽃 위에 몸 피우는
어깨에 가락을 메고 한 세상 저리 가벼이 건너가는
나래질 하나로도 생을 넉근히 풀어풀어 가는
훌훌 홀가분해져
후-어 ㄹ 후-어 ㄹ 어깨짓으로 다가가
거방지게 한판 어우러지고픈
저걸 뭐라 이름 하나
눈 감으면 내 안을 파고들어 가물대는
꿈 속까지 찾아 나풀나풀하는
영판도 잊히지 않는 저 몸짓을

나 뭐라고 불러야 하나
꽃 같은 생
생의 꽃

가을 포구에서

차가워진 물에 차마 들지 못한 가을볕이
혀 짧은 소리를 지르며 볕 싸라기로 뒹구는 남도의 포구
소금물에 살면서 생전 소금 한 방울 몸에 들이지 않던
전어가
저민 몸 소금에 절여 생이 노릇노릇 익어 가는데
집 떠난 사람들 지금 어디 있는가
나만 여기 덩그라니 두고 다들 어디 계시는가

그대들 그리움에 회가 동하여
기억의 강물을 거슬러 회동會同할 때까지는
나 가을 전어錢魚를 굽겠네
가을 전어로 우리 구수鳩首 하겠네

어떤 사람

잘 먹고
잘 자면 귀염 받던 시절도 있었다 하네

허기는 띠로 졸라매고
졸음은 바늘로 꿰매던 젊음도 있었다네

자식들 밥자리
손주들 잠자리 걱정에 생이 저물어

조상님 기제사 다 지내고
선산 지키러 꽃가마로 길 떠난다는 사람

진도珍島

팽목항에 배를 띄워
관매도나 조도 아니면 가사도쯤
동양화 속에 나 그려지고 싶네

화공畵工의 붓끝에서 낚대 하나 드리우다
불타는 수묵화를 뒤돌아 보며 돌아오는 길이
오히려 속세로 유배를 가는 것 같네

외로움 같은 것은 타고 났느니
남은 생을 거기 유배시켜 다오
화공의 붓은 보내고 나는 남아 섬이 되게 해다오

세상에 용서 받지 못할 크나큰 죄 하나 지어
이승이 모자라면 저승의 시간까지 가불하여
유배가고 싶네 거기 돌아가 세상 잊혀지고 싶네

낚시 4

낚이지 않고는 낚을 수 없다
틈만 나면 여기저기에 낚시 바늘을 걸어
나를 당기는 것이 있다 그 힘에 끌려
땅의 끝 벼랑에 나는 선다

아래로 아래로만 흘러 깊어진 세상에
통화의 줄을 드리우고 찌를 띄워
그 위에 잠자리처럼 내가 앉는다
두고 온 세상에 몸이 가볍다

사라지는 찌 저편에서 무게로 다가오는 것들은
모두 나를 당긴다 아니 나를 낚는다
낚이면 언제든 다시 벼랑에 서야한다
한번 낚이면 결코 자유로울 수 없다

물과 물의 경계에서
줄 끝에 목숨을 매달고
하나가 되어 서로를 당긴다
승자도 패자도 서로를 낚고 있다

낚시터에서 1

새로 난 도로보다 처마가 낮아서 지붕만 보이는 그 집에도 불이 켜지면 꾼들 하나 둘 모여들지

오매매 크다만 비드락 새끼 잡어다 주고 사시미 뜨고 뼈꼬시하고 굵은 소금 팍팍 뿌래서 귀까지 달라고? 참 여러 가지 허요잉.

워따매 이녁은 일 딱돔 한 마리 잡었소

어허 임자같이 생선깨나 다룬다는 사람이 그렇게 말허면 섭허제, 딱돔이 아니고 딱-돔이란마시 딱-돔 비드락 백 마리로도 이를 수 없는 돔의 경지 딱-돔, 알것능가

그럼 비돔은 머시다요

먼 소리여 비돔은 아닐 빈께 돔이 아니다 그 말이제

남실남실 소주가 돌고 놓친 돔이 팔뚝 크기로 자라는 동안 우린 주둥이만 살아 입질을 하지

조사덜 입은 알아쥐사써 모도 조사부러야 쓸랑가비여

그러면 이녁한테 입질도 못허는디 안 될 말이제

그쯤이면 노릇노릇 따끈따끈 딱돔이 떡하니 나오게 마련

샛서방고기 맛 한번 보끄나 평생 샛서방 한번 못 허고

죽은 놈은 얼마나 억울허끄나잉 이 맛을 못 보고 죽은 놈은 세상이 참 얼마나 염뱅이까잉

아 임자 내가 올 때마다 요걸 귀주더니 그렇게 깊은 뜻이 있었단 말이여

이녁이 인자라도 내 맘을 알아중께 다행이요야

젓가락 장단에 밤이 깊고 그 많던 샛서방들 비틀비틀 입질을 거두고 수초 사이 어초로 돌아가버리면 그녀의 밤은 홀로 대낮까지 길었지 알전구를 켜야 아침인거지

낚시 못한다고 타박을 줘도 그녀의 샛서방 중 한 명이 되어 실없이 농이나 건네며 소줏잔 비우고 싶을 때가 있지

철철이 맛난 생선 그 비슷한 거라도 낚아와 연애를 못 허는 놈은 낚시도 서툴더라고 놀림 받아도 회치고 굽고 탕 끓여 놓친 고기 자랑에 게거품 물고 딱돔 맛에 낚여 그녀의 샛서방들과 함께 언제까지나 지상보다 낮은 그 집 앞 바쁠 것 하나 없이 유영하며 그녀에게 입질하고 싶어질 때가 가끔 있지 속 창아리 하나 없이 노닥거리며 하루를 죄다 허비해버리고 싶지 생을 송두리째 거덜내고 싶을 때가 있지 가끔은

통풍

간염으로 입원했을 땐
사지육신 멀쩡한 젊은 놈이 어디가 아프냐고
낙지를 훑듯 위 아래를 쭉쭉 훑으며
간댕이가 부었다고 농을 하더니

다리를 절며 간 모임에서
어쩌다 찐따가 되었냐고 묻기에
통풍痛風이라 했더니
아, 그거 무지 아픈 건디
아픔이 서로 통通했다

바람만 불어도 아프다 해서 통풍이라
아픔이 바람처럼 번져
녀석의 표정까지 통증으로 얼룩지고
우린 아픔으로 하나가 된다
아프게 한통속이다

통풍에는 즉방이여
개다래 열매 가루를 건네주며
찐따* 딱지 띠어붙고 소주 한잔 허세
삼겹살에 소주 한잔을 그리며
오래오래 건강하자고 손을 잡았다

*찐따 : 덜떨어진 남자를 대상으로 쓰이는 말 본래 뜻은 "다리병신"
이라는 의미 6.25 이후에 지뢰를 밟고 다리가 잘린사람이 많았는데 멍
청하게 지뢰나 밟았다는 의미로 요즈음의 뜻을 가지게 되었다

새

유달산 암벽에 새가 살고 있지요
언젠가 봤더니
새의 몸이 빠져 나간 그 자리에
음각으로 새 한 마리가 앉았습니다

곁에 머무는 것과
떠나는 것이 다르지 않음을 알겠습니다
흔적을 남기는 것들은
떠나서 사라지는 게 아니라
남은 자의 안에 깊이 새겨져 다시 사는 걸 이제 알겠
습니다

변한 것은 없습니다
모든 것이 새의 배경입니다

궁디배미*

숲을 이룬 서민 아파트 뒤 자투리땅에
아파트 여자들이 지어놓은 밭뙈기들이 벌집 같다
수직의 벌집을 나와
잉잉거리며 담을 쌓아 만든 수평의 벌집
한참을 뭉기적거리다 두고 간 궁디만한 자리에
상추 배추 시금치가 징허게도 푸르러
시장하면 시장 가는 대신 여기 푸성귀를 물어다
아파트 그 허공이 오지게 푸르다
평생을 떵떵거리지 못하고
땅땅그리며 등이 굽은 삿갓배미 딸들이
푸르르 날아간 자리로
아무리 세어도 모자라는 밭뙈기 하나
벌집 사이를 비집고 암팡진 궁디짝을 쑤욱 들이민다

*궁디배미 : 궁둥이 하나로 완전히 가려질 만큼 작은 밭뙈기

귀뚜라미

귀뚜라미의 몸이 빠져나간
귀뚜라미를 본 적이 있네

밤이 길어서 야위던 것들
타래 같은 몸이 실소리(蟋蟀)을 뽑을 때

뒤척이며 몸을 축내던 나는
그 소리의 실로 비단을 짰네

한 필의 고운 비단 위에
하이얀 눈이 내릴 무렵

귀뚜라미가 벗어 놓고 간
소리의 집

내 마음 속 비단을 만지며
온통 소리였던 몸을 듣네

비인 고요의 집 앞에서
귀뚜라미 모양의 생각을 빚고 있네

친구 1

버스를 내려 고갤 하나 넘으면
세상에서 빠져 나온 여백이 있고
거기 편지조차 사투리 쓰는 친구가 산다

징허게 보고잡은 친구, 날세
주말에 동구 밖 복숭나무 밑에서
막걸리 담가놓고 기다림세

시간이 느슨하게 풀어져버린 봄날
우리는 막걸리 한잔에 서로의 생애를 다 돌아오는데
복숭꽃이 쉴 새 없이 지고 있었다

어릴 때는 배가 고파 힘들었는디
인자는 마음허고 눈 고픈 게 힘들 데야
가끔 여그 자네 자리를 채워주고 가소

친구의 안에다 나를 남겨 두고
주름 자글자글한 친구를 안고 오자니
그가 내 안에서 피어 마음 한켠이 눈부셨다

우린 어느 새 서로에게 선물이 되는 나이를 먹고 있구나

이월엔

바람에 몸이 야위는 이월도 스무날쯤은
햇빛 촘촘한 빛의 땅 광양에 가자

108번 시외버스를 타고 하동까지
구부렁길 털털거리다보면
햇볕 졸고 있는 비탈 산비탈마다
비틀비틀 매화 벗 산수유
벙긋벙긋 봄 마중에 귀가 멀고
섬진강 해 싸리기에 눈이라도 멀자

섬진강을 따라가다 우체국에 들러
그대 그립다는 말
징글징글 보고잡다는 말 대신
봄 마중이나 가자고
꽃구경이나 가자고
또박또박 엽서라도 띄우자

그리움에 몸이 야위는 이월도 스무날쯤엔
그리운 그대 광양에 가자

꿈의 시

모처럼 시를 썼는데
맘에 쏙 들었다
환호성을 지르며 잠을 깼다

아뿔사 꿈에다 시를 두고 와 버렸구나
아무리 애를 써도 시가 생각나질 않아

꿈의 입구를 찾아
깊어가는 밤을 앓는다

정전

때론 어두워야 보이는 게 있다

갑자기 전기가 나가서
눈앞의 화면이 사라졌다
텔레비전과 컴퓨터 속을 튀어나온
아내와 아들 녀석이 나를 찾았다

기억을 모으고 더듬이를 동원해 초를 찾고
성냥이 어딨더라 물으며
오랜만에 입까지도 맞췄다

촛불 속에서 마주 앉은 우리는
잃어버린 송수신법을 찾느라 허둥대며
서툰 언어로 한참을 더듬거렸다

아파트를 울리는 환한 함성과 함께
나갔던 전기가 들어와

서둘러 각자의 화면 속으로 돌아갔다

자연스레 찾아든 고요 속
어두워서 보이던 것들이
너무 밝아서 보이지 않았다

오늘

하루보다 일주일
일주보다 한 달
한 달보다 일 년
일 년보다 십 년
십 년보다 오십 년이 길고
오십 년보다 오늘이 더 길다

내기 화투라도 놀았으면 하는데
술 마실 사람도 없이
지상의 모두가 날 놓아준 시간

오십 년의 생을 몇 번이나 들렀다 왔는데도 겨우 한나
절이라니

지상에서 가장 긴 하루
오, 늘 같은 날

낚시터에서 2

지상도
지하도 아닌 곳
휴대전화를 켜놓고
호수에 낚시를 드리우니
바람이 지나고
달이 찼다 비워지고
해가 넘어가는데
유무선 모두 고요하다

기다림은 아니다
세상의 경계에서 두 세계를 향해 나를 열어젖힌 것
그뿐이다

다시 우도에서

또又 우도牛島에 들렀습니다
우도봉, 그 소잔등쯤에서
전에 두고 왔던 나를 만났습니다
풀잎을 빗질하는 바람 속에 나란히 누워
우린 한없이 가지런해지고
오랜 시간 동안 말없이 도란도란 합니다
잠시 잠에 표류하다 깨어보니
육지가 그리운 나는 떠나고
우도가 그리웠던 나는 남았습니다 약속처럼
파도 소리와 머리를 푼 풀잎과 피리 불던 소잔등이 그
리워
바람처럼 그가 다시 올 때까지
나는 여기 우도에 내 삶을 풀어놓겠습니다

5부

대화

놀 때는 자신을 꽉 놔부러야 헌디라이잉

수학여행 와서 단어 외우는 학생을 보며 기사님이 말합니다

길만 고집하지 말고 멀리 벗어나지도 말라고 가르치는데 그러네요

아따 긍께 선생님은 선생님배끼 못 허지라우

선생님 같은 사람은 길에서 어긋나도 콱 어긋나부러야 뭐가 돼도 됐을껀디

근디 나는 길에서 너무 오래 너무 확 어긋나부러서 이 모냥이요

인자사 길이 아니면 가지 않는 고속버스 기사허고 있지라우

살고프다는 말에 대하여

평범한 것에 감사하기보다 무료함을 느끼는 날이면
살고프다는 말을 습관처럼 중얼거리게 됩니다

산다는 것은 어쩌면
누군가의 살에
눈 고프고 입 고프고 손 고프고 몸 고파 하는 것

그래 살아있는 것들은
눈 뜨고 입 벌리고 손 뻗어
서로를 향해 그리운 몸짓이 되다
마침내 하나가 되는가 봅니다

속살 빛부신 색색의 알곡에
선혈을 쏟으며 아낌없이 주고 간 것들의 살점과 푸성귀,
해초와 플랑크톤으로 빚은 생선과
비와 바람과 햇볕을 담아 붉어진 과실들이
내 안에서 경계를 허물고 하나가 되어

본디 내 것 하나 없이 몸조차 빌려 사는 나를 이루고
나 되어 내 몸과 마음이 배불뚝이가 됩니다

누군가 내게 무엇이 되어주지 않고
내 누군가에게 무엇이 되지 않고는 살 수 없는 세상
내 몸 고파하는 것들을 위하여
내게 손이 주린 것들을 위하여
허기진 누군가의 그리움을 위하여
내 몸 아낌없이 내 주어야 함을
내 누군가의 살이 되고 마음까지 채워야 한다는 것을
이제는 온몸으로 알 것만 같습니다

사는 게 참 아무 것도 아니게 싱거워
살고프다는 말을 자꾸만 되뇌다 보면
만물로 빚은 내가
만물을 향해 활짝 열리고
세상 하나를 다 담을 것만 같습니다

놀기가 쉽지 않다

벽에 박힌 못이 흔들리면
할머니는 그것을 못이 논다고 했다

놀기 위해선 놓아 버려야 한다
주변과 틈이 있어야 하고
끈을 하나 둘 놓아야 틈은 생긴다
잠시 주위의 것을 놓지 않고는
아무도 놀 수가 없다

쉬는 것과 달리 무언가에 푹 빠져
산천경개에 자신을 놔 버리든가
노래 가락에 몸을 맡겨버리든지
찌 위에 잠자리처럼 날개를 놓던지

허나 다시 끈을 잡아야만 한다
자칫하면 끈 떨어지기 십상이니까
빠져버린 못은 놀 수 없으므로

놀려면 무언가 매달려 있어야 하니까

논다는 건
꽉 매달려서 확 풀어 버리는 일이다

고향 맛보기

눈을 감으면 고향 맛이 짭짤합니다

된장 속에 묻어둔 장아찌며
골골하게 곰삭은 갈치젓 황새기젓을
갓 떠온 샘물에 꽁보리밥 말아 먹는 볕 좋은 날
구름 뜬 독에선 장내가 진동하고
반가운 얼굴들은 땟국에 쩔어 간간하구요

간고등어 석쇠 위에서 지글지글 몸을 뒤채고
묵은지를 죽죽 찢어 볼테기가 미어질 때면
집 나간 입맛밥맛 걸신들려 돌아오고
영산강가 털게젓은 아사삭 밥도둑질에
팽나무 푸른 그늘에서 부른 배 두드리면
낮잠이 송사리 떼처럼 몰려들지요

가난한 할매의 염낭이 소금 맛이고
좁은 방에 기름 짜듯 엎어진 잠은

쩝쩝 입맛 다셔 볼수록 간이 맞고요
종일 콩밭 매고 와 새끼를 꼬는 엄마의 밤은
하구의 바람에도 짠내가 풀풀 났지요

오래되면 기억도 나잇살에 진득이 익고
익은 것들은 스스로도 맛이 깊어져
눈을 감으면 고향 맛이 걸게 한상입니다
한상 가득 짠내로도 허기진 마음이
바가지에 얼굴을 묻으면 물배 헛배만 불러옵니다.

점심點心

시골 동네 김 씨와 이 씨 두 할아버지는
식은 밥을 혼자 먹는 친구가 짠해
상추를 뜯다가 서로 불러서
마음에 점 하나를 찍는답니다

허한 마음에
점
살짝
찍어 준데요
점
찍어 주느라 쌈 한데요

낮닭이 우는 때를 기다려
가난한 성찬을
깜박이는 기억 속에 새긴답니다

회무침이 있는 저녁

노을이 감칠맛 나게 익어갈 무렵
장에서 사온 맛으로 회무침을 합니다

제삿날이 아니어도
이 맛 못 잊어 어머니 오실 것만 같아
워따 내 새끼 제법 잘 먹고 사네잉 하시며
이제는 마음 푹 놓으시라고

내게 새겨진 당신의 깊은 손맛과
당신이 물려주신 유전자들의 입맛을 위하여
내 안의 당신과
먹는 것만 봐도 배부른 먼 당신을 위하여
양푼째 벌이는 이승과 저승의 맛 잔치에
가장 먼 데서 내가 닮은 한분이 오시겠습니다.

죽은 사람도 살아오는
산 사람이 죽어도 좋을 이 맛 잔치에
만나서 맛난 시간입니다

빛나는 곳엔

어머니께서 돌아가신 후
이제는 저승이 환하겠구나 생각했다

팔자도 아닐 뿐더러 쉬면 되려 몸이 쑤셔
벌떡 일어나 수의를 걷고
방과 마루를 쓸고 닦고
마당과 고샅을 쓸겠지
저승의 찌든 때와 어둠을 닦아 내겠지

어머니 가는 곳은 어디나
빛 부신 마을, 그곳엔
스스로의 소멸로 빚은 빛이 있다
저승으로부터 달려와 나를 관통하는
별똥별 같은 생이 있다.

친구 2
— 조병도에게

그리움이 멀리서 왔다
혼자서 아이 둘을 키우다
작년에 좋은 사람을 만난 친구다

주식酒食하던 친구는 밥살이 오르고
그의 아내가 된 사람은 술로 연지분을 했다

술깨나 먹던 남자와
밥깨나 먹던 여자가 만나
요즘 밥술깨나 먹으며 산다고 웃는데

배부른 아이를 보는 어미 심정이
오지고 또 오져서
밤새 술깨나 먹었습니다.

운주사雲住寺

千佛千塔의 운주사雲住寺에 갔더니
돌부처들 속세의 외출에서 돌아오지 않고
겨우 백 분 정도만 남아 원을 빌고 있었습니다

그 부처님들은 코가 없거나 시멘트로 가짜 코를 달았
는데요
돌부처 코를 다려 먹으면 딸만 낳던 사람도
떡두꺼비 같은 아들을 낳는다 해서 그랬답니다
돌부처가 자기 코 한쪽을 뚝 떼 주었다 합니다
그야말로 살신성인殺身成仁하였지요

근데요 코를 다려 먹으면
부모님의 원대로 떡 두꺼비 같은 사내아이가 태어나고
부처님의 원 대로 부처님을 꼭 닮았다 합니다

그래서 운주사 돌부처님들은 못난 사람을 닮았습니다
못난 사람들이 어우러져 펼치는 남도의 삶

부처님이 원하는 세상이겠지요

운주사에 가서
殺身成仁하신 부처님과
부처님 닮은 못난 백성들과
못난이들이 빚은 부처님 세상을 보고
해우소解憂所에 들르면
근심 한 덩이덩이 똥처럼
똥똥 떨어뜨린다지요
다 떨치고 속세로 부처님 되어 외출을 나온다 합니다.

새치

아이가 내 머리카락을 뽑는데
새치라 우기는 나에게
아내의 눈길이 안스럽습니다

쉰이 가까운 아침
머리가 몹시 가려운 걸 보니
새치가 돋을 모양입니다

이상처럼 날개가 돋을랑가
당신도 이제 머리에 날개 돋을 나이 되았소

내게 날갤 달아주는 저 여자
흰머리 나더니 생각에 날개가 돋더니
시인 다 됐네그려.

랍스터

무얼 먹고 싶은가
발 시린 아내에게 물으면
그랍시다
무엇을 먹고 싶은가
시큰둥 하니 하던 일을 계속하며
그랍시다
아, 무얼 먹고 싶냐니깐
랍 - 스 - 타

아내는
호박 된장국에 밥 말아서
열무 김치 얹어 맛나게 먹는다.
랍 스터를 그럽시다로 들어버린 나도
랍스타가 다 뭐냐며 볼이 미어지다
가난한 마음을 따라 살아온 귀가 목에 딱 걸린다.

파리

낮잠에 취한 여름 오후
파리 몇이 찾아와 놀자고 조른다

짐 진 자들아 다 내게로 오라
족자에 앉아 말장난을 한다
잠 잔 자들아 다 내게로 오라

동양화 속으로 자리를 옮기더니
붉은 노송에 매미로 앉아
은빛 소리의 폭포를 쏟기도 하고

몇은 화폭 속을 나는 새들 틈에서
가을 높이 끼룩끼룩 기러기가 되었다가
아버지의 미소를 점투성이 만들어 놓고
살려달라고 두 손을 비비며 너스레를 떤다

성가신 아내여 보고만 있다고 책하지 마라
두 달뿐인 생애의 한나절을 함께 보낸 有情인데
문 열어 배웅이라도 해야 인사가 아니겠는가.

끈

어머니 머얼리 두고

집에서 저승까지 피보다 붉은 황톳길 내시며
아버지 고향에 홀로 계시니

도시의 끼니가 울컥
내 목에 걸린다

주말이나 뵙는 아버지는
얼굴이 그게 뭐냐며 오히려 걱정이고

양념과 텃밭 푸성귀를 이고 들고서
오늘도 어머니는 꿈속을 다녀가셨다

아무도 끈을 놓지 않고 있다
서로를 향해 끈적이며 끈끈한 몸짓들

인력人力으로는 못할 인력引力이다

도깨비 시장

새벽 어둠 속을 도깨비처럼 나타났다가
안개 걷히고 날이 밝으면 사라져버리는
목포역 부근 기* 사라 외치는 도깨비시장에 가면

아짐, 이거시 도다리요 하면 기여라우 하고
이 갈치 국산이요 해도 암, 기여, 기고 말고 한다
칠레산이냐 홍어를 물어도 기라 하고
요것이 대갱이냐 물어도 기란다

도깨비 시장에는 없는 것이 없고
그중에 기 아닌 것은 하나도 없다

집이가 고물상 둘째지잉 하면 기여라우 기여
거시기 아짐 아뇨 응 기여 기여 나 만복이네
도깨비 시장에선 사람까지 다 기가 된다

게거품을 물고 입에서 단 내가 나도록

바글바글 게처럼 개처럼 헉헉거리며 살지라도
무표정한 낯짝으로 하루가 열렸다 닫히고

사는 것이 다 그런 것 아니겠냐 하면
기라고 세상은 참말로 그렇더라고 하는 사람들이
어둠 속에서 바글거리다 혼을 빼놓고 사라진다

매립 전엔 개펄이어서 기가 우글거리던 곳
날이 밝아 기 팔던 도깨비 흔적만이 어지러우면
　한가한 햇살이 모퉁이에 들러 조각난 고양이 잠을 다
독인다.

*기: '게'의 전라도 사투리. 맞다. 그렇다.

상가喪家에서

상가에서 맥주를 따르다 보면
첫잔이 거품으로 차오른다 종이컵은
먼저 스스로를 적신 후
온몸 젖은 후 비로소 술 채우는 잔이 된다
죽음에 이르는 생각까지 적신다

스스로가 젖지 않으면
무엇을 적실 수 있겠는가

산일山役을 마치고
기름내 나는 새 수건에 땀을 닦으면
천은 제 기능을 못 한다
한번 푹 삶아져 스스로가 닳지 않으면
그것은 그대로 수건이 아니다

스스로 젖고 닳지 않으면
무엇이 빛날 수 있겠는가

젖지 않고 닳지 않으면
컵이 아니고 수건도 아니다
그 무엇도 아니다

젖고 닳아서 컵도 아니고
수건도 아니게 망가져 최후에는
가슴에 스며 꽃이 되는 것들이 세상에는 있다

봄은 동사다

보면 볼수록 봄이라는 말은
명사가 아니라 동사다
보다라는 동사의 명사형이다

사방팔방 생동하지 않는 것이 없고
생생동동 않고서 그걸 볼 수 있는 사람도 없다

실개천의 물이 강에 모여 싸래기춤을 추고
겨울옷을 탈피한 사람들 논밭에서 일벌레로 구물거리면
산기슭에선 꽃구름이 몽실몽실 피어오르고
여기저기 벚나무 가지엔 튀밥 튀는 소리 하얗게 걸리다

눈을 감고 방에 누워도 눈부신 계절
삼년 째 자리를 앓던 숙자네 할매조차
꽃가마 불러 영감한테 한 번 더 시집을 갔지 가서
팽팽한 젖무덤이 크기 다른 짝젖으로 부풀고 있다

살 오른 언덕 토실한 밭이랑마다
바람을 불러들인 윤기 나는 풀과 보리들이
춤사위에 취해 한바탕 노는 걸 보면
내 어깨 위로도 푸른 파도가 지난다

봄은
사물들이 제각각 몸짓을 일으켜
보여주지 않고는 배길 수 없는 생동과
가만히 보고만 있을 수 없는 생명들이
자신을 벗고 요동치는 천지창조의 한마당이다

돌

낙숫물 듣는 처마 아래
꼭 한번은 길이 되기 위하여
물방울로 가장 깊은 안에다 구멍을 내며
평생을 사는 것도 있다

냇가 바닥에 물길 막아선 바위가
물살에다 자기 살을 비벼
자신을 깎고 깎아 덜고 덜어
물에게 길 하나를 내주고
자신도 길이 되어 간다

아픈 모가 닳아서 동그래지고
살이 부대껴 작아지면
몸소 길이 된다
자기 길을 흘러서 간다

우러러보는 눈길조차 힘겨운

바다가 끝난 절벽
거기 중간쯤 풍란이 오르고
움푹한 둥지에선 새가 길을 연다

세상에는
길 아닌 것이 없고
가장 깊이 아픈 곳에서
길은 열린다